FRANÇOIS IER

A FONTAINEBLEAU.

●●●●●●●●●●●●●●●●●

Episode.

A NIORT,

CHEZ A.-P. MORISSET, LIBRAIRE, IMPRIMEUR DU ROI
ET DE LA PRÉFECTURE.

Novembre 1826.

✿✿✿✿✿✿✿✿✿✿✿✿✿✿✿✿✿✿✿✿✿✿✿✿✿✿✿✿✿✿

FRANÇOIS I.ᴇʀ

A FONTAINEBLEAU.

~~~~~~~~~~~~~~~~~~

Episode. [1]

~~~~~~~~~~~~~~~~~~

A ᴛʀᴀᴠᴇʀs la forêt qui forme dans ces lieux,
Du palais de François l'ornement orgueilleux,
Ce Prince pour Diane aux Muses infidèle,
Comme dans les combats, des braves le modèle;

(1) Le manuscrit de cet opuscule a été trouvé parmi les papiers
d'une succession ouverte en 1788.

Brûlait de délivrer les fertiles guérêts
D'un sanglier fléau des trésors de Cérès.
On a de l'animal découvert la retraite :
A l'instant tout se meut pour hâter sa défaite.
Du Monarque chasseur les vaillans compagnons,
Parcourent la forêt en bruyans escadrons.
Les sons aigus du cor qui dans l'air retentissent,
Aux cris confus des chiens en frémissant s'unissent.
La bête aussitôt fuit se cacher dans un fort,
Laisse les chiens sans voix, trompe un instant la mort.
Mais inutiles soins. Son haleine fétide,
Par les chiens retrouvée, au fort du bois les guide.
Par la meute en fureur brusquement relancé,
Après de vains détours de toutes parts pressé
L'habitant des forêts, tout écumant de rage,
S'arrête et fait des chiens un horrible carnage.
François accourt : d'un dard qu'il lance au même instant,
Terrasse l'animal à ce coup mugissant.
Un sang noir de la plaie en bouillonnant s'échappe.
Le fougueux sanglier, vers la main qui le frappe
Se roule et va mourir aux pieds de son vainqueur.
Le coursier du héros recule de frayeur.
Il bondit, et soudain dans sa course rapide,
Il méconnaît la voix de celui qui le guide.
Le Roi pour l'arrêter se consume en efforts.
Le cheval a bientôt du bois franchi les bords ;

Et plus ardent encore au milieu de la plaine ,
Il court jusqu'au moment où n'ayant plus d'haleine ,
Engagé dans le fond d'un dangereux ravin ,
Il s'arrête à regret , hennit , ronge son frein.
Son pied frappe la terre , et le coup qui résonne ,
Répété par l'écho , l'inquiète , il frissonne.
Il agite la tête , et sur son col fumant
Fait voler les flocons de son mors écumant.
Son maître , de sa main , de sa voix caressante ,
Le rassure et dissipe enfin son épouvante ;
Et lorsque sur ses pas François veut revenir,
L'impatient coursier ne sait plus qu'obéir.

Le Monarque eut bientôt oublié l'aventure ,
A l'aspect des beautés dont la simple nature
Etalait dans ces lieux le ravissant tableau,
Dans le bas du ravin , un limpide ruisseau
Roulait en murmurant ses ondes écumeuses ;
Et suivant de son lit les routes tortueuses ,
Soudain disparaissait , puis aux regards surpris
Se montrait de nouveau baignant des prés fleuris.
Plus loin , pour couronner ce charmant paysage ,
Un coteau tout couvert du plus épais feuillage ,
Formait dans le lointain d'agréables contours
Qui du ruisseau semblaient imiter les détours.
Les concerts des oiseaux , le parfum des prairies ,
Tout enfin portait l'âme aux douces rêveries.

François en s'y livrant oubliait son palais,
Libre de tous soucis, libre de tous souhaits.
    Mais déjà le soleil précipité dans l'onde,
Aux voiles de la nuit abandonnait le monde.
Les objets commençaient à perdre leur couleur.
Le Monarque égaré dans un sentier trompeur,
Et tiré par la faim de ses douces pensées,
De son chemin cherchait les traces effacées.
Errant sur son coursier de valon en valon,
Au sommet d'un coteau qui borne l'horizon,
Il croit apercevoir le toît d'une chaumière
Qu'éclairait au couchant un reste de lumière.
C'était d'un bon vieillard le modeste réduit.
Il y vole, et bientôt dans l'asile introduit,
L'habitant des palais demande un humble gîte.
L'homme de paix surpris, le regarde..... il hésite....
Il n'en peut plus douter; oui c'est lui, c'est son Roi:
Et soudain tout saisi de respect et d'effroi:
Seigneur, s'écria-t-il, par quel destin contraire,
Errez-vous seul, la nuit, dans ce lieu solitaire.
Je ne vous offrirai qu'un grossier aliment,
Mais vous êtes soldat..... O fortuné moment
Où je puis au déclin d'une si longue vie,
Contempler dans mon Roi l'honneur de la patrie !
C'est sans doute aujourd'hui pour la dernière fois.....
    Calme toi, mon ami, lui répartit François.

Un chasseur égaré ne peut causer d'alarmes.

Ah ! ne plains point mon sort ; il a pour moi des charmes,

Puisqu'en ce lieu je puis, en toute liberté ,

Savourer les douceurs de l'hospitalité :

Oublier un instant le pompeux esclavage

Qui de la royauté fut toujours le partage.

J'accepte le banquet que tu viens de m'offrir.

Pour qu'il laisse en nos cœurs un plus doux souvenir,

Conservons entre nous l'étiquette champêtre :

En moi vois un convive au lieu de voir un maître.

Approche , mon ami , viens gaîment partager

Les mêts que pour moi seul je te vois arranger.

  Le vieillard obéit. Sa modeste assurance ,

Ses discours qu'animait une douce éloquence,

Décelaient un sujet qui dans l'obscurité ,

Par quelque coup du sort avait été jeté.

Ami , lui dit le Roi , si ton noble visage ,

De l'âme qui s'y peint est la fidelle image ,

Si mes pressentimens ne se trouvent trompeurs ,

Dès cet instant , tu peux compter sur mes faveurs.

Si tu veux dans Paris établir ta demeure......

— Seigneur , y songez-vous. Près de ma dernière heure,

De l'éclat des grandeurs je dois me garantir ,

Et mon unique soin est d'apprendre à souffrir.

— Tu m'étonnes , vieillard. Tant de mélancolie

Semble annoncer en toi le dégoût de la vie.

Les chagrins auraient-ils empoisonné tes jours?
Jeune, que faisais-tu ? parle-moi sans détours.
D'où viens-tu ? Pourquoi seul en des lieux si sauvages ?
    Quel mortel fut jamais à l'abri des orages,
Lui répond le vieillard d'une débile voix.
D'un rigoureux destin nous subissons les lois.
Pour nous tout est douteux sur cette triste terre,
Théâtre de plaisir, de gloire et de misère.
L'homme le plus heureux un jour doit éprouver
Qu'ici-bas le bonheur ne se peut achever.
Tel fut mon sort. Hélas ! une heureuse jeunesse,
Me laissait entrevoir une douce vieillesse.
Dans mes moindres désirs le sort à mes projets,
Semblait pour mon bonheur conformer ses décrets,
Quand d'un malheur soudain l'événement terrible,
A brisé de douleur mon âme trop sensible.
Votre ordre me rappelle un cruel souvenir,
Seigneur, mais mon devoir est de vous obéir.
    De trois lustres complets mon front brillait à peine,
J'avais déjà quitté les rives de la Seine ;
Et dans Florence assis à l'école des arts,
Des maîtres j'obtenais de bienveillans regards.
Après de longs travaux, l'amour de la science
M'attache à Lascaris. Je le suis à Byzance.
Nos yeux chargés de pleurs à l'aspect du Croissant,
Mouillent ce sol flétri, jadis si florissant.

De l'antique savoir, ce séjour de ténèbres,
Renfermait dans son sein des monumens célèbres.
Nous cherchons à l'envi. Le sort combla nos vœux.
Fortunés possesseurs de débris précieux
Des écrits immortels des beaux temps de la Grèce,
Nous revînmes bientôt le cœur plein d'allégresse,
Étaler en triomphe aux regards des savans,
Ces trésors échappés aux ravages du temps.

L'affreux tableau d'un peuple ignorant et stupide,
Esclave d'un Sultan, d'or et de sang avide,
Dans toute son horreur, au sein de mes travaux,
Venait se retracer et troubler mon repos.
Souvent pour soulager ma poitrine oppressée,
Du plus saint des projets nourrissant la pensée,
Je faisais un appel aux Rois civilisés.
Dans mon illusion je voyais les croisés,
En flots tumultueux refouler sur l'Asie,
Les soutiens de l'erreur et de la barbarie.
L'ombre de Constantin souriait à la croix.
Par-tout l'humanité reconquérait ses droits.
Des Grecs régénérés, législateur et père,
Enflammé du désir d'alléger leur misère,
Sur un même intérêt je m'efforçais d'asseoir,
Les droits des citoyens et les droits du pouvoir.
Cette science enfin qu'on nomme politique,
Dans un âge plus mûr fût mon étude unique.

De si pénibles soins en attristant mon cœur,
N'en avaient point éteint l'expansive chaleur.
Aux plus vifs sentimens quand l'âme est accessible,
Au charme de l'amour peut-elle être insensible !
Un objet m'attira. J'aimai. Je fus aimé.
Le flambeau de l'hymen pour moi fut allumé.
Je fus père. Je fus citoyen de Florence.....
Ce n'était pas assez, je songeais à la France.
Des lieux où je naquis les touchans souvenirs,
Me suivaient, m'agitaient jusqu'au sein des plaisirs.
Vainement Médicis fidelle à ses promesses,
Voulut me retenir par de nobles largesses :
La France triompha. Le cœur plein de regrets,
De mon départ enfin j'ordonnai les apprêts.
Je partis. Quel moment ! Mon épouse chérie
Quittait, moi, je cherchais une heureuse patrie.
Je la vis s'arracher des bras de ses parens .
Et forte du secours de mes embrassemens,
S'élancer dans le char, et d'une voix mourante,
Reprocher aux chevaux une marche trop lente.
Ton cœur, me disait-elle, est mon unique loi.
L'Italie à mes yeux ne serait rien sans toi.
Mon âme est à ton âme à jamais enchaînée :
Oui, toujours même amour et même destinée.
Mais si dans le pays où je dois désormais,
Si loin de mes foyers étouffer mes regrets,

Le triste souvenir de mon père en alarmes,
De mes yeux, trop souvent, faisait couler des larmes,
Et semblait affaiblir les liens si puissans
Qui me font trouver l'être en toi, dans nos enfans ;
En serais-tu jaloux, quand c'est la même flamme,
L'amour de ton pays qui dévore ton âme !
Le dirai-je, Seigneur, dans ce moment cruel,
Je sentis dans mon sang couler un froid mortel.
Un instant, je voulus rester en Italie,
Bientôt l'aspect des monts me rend mon énergie.
On ne connaît le prix des noirs pressentimens,
Qu'au moment du danger, lorsqu'il n'en est plus temps.
Dans la prospérité l'âme avec confiance,
Reçoit comme certains les dons de l'espérance ;
Et l'on craint de penser en voyant un ciel pur,
Qu'un orage subit en peut ternir l'azur.

Affranchi des terreurs de tout fâcheux présage,
Muni d'un guide sûr, je poursuis mon voyage ;
Et bientôt sur les flancs de l'orgueilleux Cénis,
Précédé de ma femme et de mes jeunes fils,
De mon bonheur futur j'anticipais l'ivresse.
Je me croyais déjà dans les murs de Lutèce,
Consacrant à Louis (1), si grand par sa bonté,
Un savoir loin de lui chèrement acheté,

(1) Louis XII, le père du peuple.

Nous marchions sur la foi des plus heureux auspices,
Sous nos pas, du printemps, nous foulions les prémices ;
Les zéphirs exhalaient le doux parfum des fleurs,
Des rayons du soleil tempéraient les ardeurs.
Le spectacle imposant de ces sites sauvages,
Reportait mon esprit aux temps des premiers âges
Et remplissait mon cœur de sentimens divers ;
Quand de sombres vapeurs flottantes dans les airs,
Du soleil, tout-à-coup, nous dérobent la vue.
Un bruit sourd, qui semblait descendre de la nue,
Rend le guide attentif et me remplit d'effroi.
Il regarde, il écoute, et s'approchant de moi :
Arrêtez, me dit-il, d'une voix effrayante,
Dans les flancs des rochers évitons *la tourmente.*
Au même instant des cris..... Je me trouble, Seigneur,
Et ne puis retenir un mouvement d'horreur.....
C'était de mes enfans et de leur tendre mère,
Les adieux éternels au plus malheureux père.
Surpris, non loin de nous, par les vents déchaînés,
Dans un abîme affreux je les vois entraînés.
Bravant de l'ouragan la fureur homicide,
Vers des objets si chers je vole avec mon guide.
J'appelle..... Je remplis l'air de mes cris aigus....
L'abîme était sans fond..... et mes cris superflus.
Ainsi se termina ma morale existence :
Tout se flétrit en moi, tout, jusqu'à l'espérance.

Sur la terre des lys j'arrivai ; mais la mort
Ne m'avait rien laissé pour adoucir mon sort.
Pour unique parent il me restait un frère ;
J'appris qu'il n'avait pu survivre à mon vieux père ;
Et que, par le chagrin et les maux consumé,
Son âme avait rejoint cet objet tant aimé.
Sans amis , sans soutien , je me revis en France ,
Comme un homme égaré dans un désert immense ;
Et si j'y distinguai le lieu de mon berceau ,
Ce fut pour y pleurer comme sur un tombeau.
L'étude en vain m'offrit son baume salutaire :
De chagrins trop récens rien ne saurait distraire.
Quand j'avais tout perdu qui pouvait me tenter ?
(Sur le trône, en ce temps, vous veniez de monter.)
Que mon malheur, me dis-je, au Roi soit profitable!
Conjurons dans les camps un sort si déplorable.
A peine j'ai parlé , déjà je suis soldat.
Je repasse les monts. Je vous suis au combat.
Vainqueurs à Marignan des géans d'Helvétie (1) ,
La fortune, plus tard , nous trahit à Pavie.
Tout vous sembla perdu ; mais tout hormis l'honneur :
Le vaincu se montra plus grand que le vainqueur.
A cent périls divers échappé par miracle ,
Les ans à mon ardeur vinrent mettre un obstacle.

(1) La bataille des géants. Ainsi nommée par le vieux maréchal
de Trivulce.

Forcé de renoncer à des dangers nouveaux,
Mais le cœur satisfait de mes anciens travaux,
Je déposai l'épée ; et dans cette chaumière
Asile du repos, ma demeure dernière,
En fixant mon séjour, j'eus pour consolateur,
Des choses d'ici-bas le grand Modérateur.
C'est lui qui me soutient par la douce espérance,
De pouvoir avant peu jouir de sa présence :
Ma femme et mes enfans m'attendent dans les Cieux....

O vieillard, dit François, en s'essuyant les yeux,
En te frappant au cœur, la fortune ennemie,
Devait donc me priver des fruits de ton génie.
Pourquoi ne vins-tu pas me dire tes malheurs ?
Avec quel intérêt j'aurais séché tes pleurs !
De tes sens abattus ranimé le courage ;
De tes divers talens honoré l'assemblage.
D'un céleste avenir si désormais épris,
Les humaines grandeurs sont à tes yeux sans prix ;
Si je dois renoncer à l'envie indiscrète
De dérober ton nom à cette humble retraite,
Laisse au moins en ce jour, au gré de mes souhaits,
D'un savoir qui m'importe échapper les secrets.
Dis-moi : Quel jugement portes-tu de mon règne ?
De ta sincérité bien loin que je me plaigne,
D'adroits ménagemens si tu voulais user,
De faiblesse aussitôt je saurais t'accuser.

Je crois de tes conseils pressentir la sagesse.
Va, ne redoute rien, parle avec hardiesse.
Des peuples et des Rois dis quels sont les devoirs :
Jusqu'où des Potentats s'étendent les pouvoirs.
Dis encor par quel art les empires fleurissent :
L'instant de leur déclin; et s'il faut qu'ils périssent.
De tes soins, bon vieillard, j'éprouve les effets ;
Et je veux du sommeil n'implorer les bienfaits,
Qu'après avoir appris de la bouche d'un sage,
Si j'ai de mon pouvoir fait un royal usage.

J'admire, dit l'hermite, une si belle ardeur.
De votre âme je sais jusqu'où va la grandeur.
A votre ordre, pourtant, devais-je bien m'attendre !
Loin que par des détours je cherche à m'en défendre,
J'accepte sans orgueil et sans crainte un emploi
Qui semble d'un sujet faire l'égal d'un Roi.
Vous serez indulgent pour l'excès de mon zèle ;
J'aime la vérité, je parlerai comme elle.

Aurore d'un bonheur que des Rois vos aïeux,
Implorèrent envain dans des temps ténébreux,
De vos nobles efforts, pour éclairer la France,
Vous obtenez déjà la douce récompense.
Aux plus beaux sentimens les cœurs se sont ouverts,
Aussitot que l'esprit a pu briser ses fers.
Vous avez pour toujours vaincu la barbarie.
Cette gloire jamais peut-elle être ternie !

Les peuples à venir, au règne de François,
Rapporteront leurs mœurs, leur grandeur et leurs lois.
   Les siècles écoulés l'attesteront sans cesse ;
Ce n'est que le savoir qui mène à la sagesse.
C'est un présent du Ciel, c'est le souffle divin
Qui révélant à l'âme un immortel destin,
Reporte au Créateur la faible créature,
Et fait de l'homme alors l'orgueil de la nature.
Oui, c'est quand du savoir les rayons bienfaisans,
Vinrent régler des sens les appétits brûlans ;
Que la force bientôt par la raison guidée,
Offrit à l'innocence encore intimidée,
Ce généreux appui tant de fois imploré
Contre un pouvoir sans frein justement abhorré.
Noble esclave des lois, l'homme dans leur puissance
En chérissant ses fers trouva l'indépendance.
  Cependant vers des temps illustrés par les arts,
L'esprit observateur qui porte ses regards,
Sous de trompeurs dehors retrouve encor le crime.
De l'ordre social la science sublime,
Défigurée au gré des folles passions,
N'y semble être que l'art d'armer les factions.
J'y vois les citoyens victimes des extrêmes,
Rampant sous un despote, ou despotes eux-mêmes :
Du pouvoir de leurs Rois des sujets destructeurs,
Ou de la liberté, des Rois usurpateurs :

Des hommes devenus cruels par fanatisme ;
D'orgueilleux insensés professant l'athéisme.
Dans un juste milieu ne verra-t-on jamais ,
De leur condition les humains satisfaits ;
Et maudirons-nous donc , comme un présent funeste ,
Des lettres et des arts l'influence céleste.
Non , non , c'est l'abus seul que l'on doit condamner :
Voyons dans quels périls il peut nous entraîner.

Quand un peuple grossier croupit dans l'ignorance ,
C'est en rivant ses fers qu'on maintient la puissance,
A la glèbe attaché , le serf aveuglément
Obéit menacé d'un prochain châtiment.
Pourvu de ses besoins il végète tranquille :
Lors même qu'il gémit , rarement indocile ,
Il lui faut le concours d'événemens heureux ,
Pour oser secouer un joug trop odieux ,
Et réserver alors un destin déplorable ,
Au despote imprudent qui sans pitié l'accable.
Mais quand l'esprit humain enflé de ses progrès ,
Dans son brillant essor ne rêve que succès ,
Chacun cédant alors à l'ardeur qui le presse ,
D'arriver aux honneurs se tourmente sans cesse.
L'homme le plus obscur gémit d'être oublié ,
Où de ce qu'on lui doit de n'avoir que moitié.
Déjà dans vos Etats de fougueux politiques ,
Répandent sourdement leurs plans démocratiques.

Un mobile pouvoir, des sujets souverains,
Voilà, n'en doutez pas, où tendent leurs desseins.
C'est à la liberté, divinité cruelle,
Quand un peuple insensé veut trop exiger d'elle :
C'est à l'égalité, dont le fatal niveau,
N'offre aux arts éperdus que l'aspect du tombeau ;
Qu'emportés par l'ardeur d'un orgueilleux délire,
Ils adressent des vœux pour réformer l'empire,
Ignorant que bientôt l'indigence aux abois,
Un poignard à la main leur dicterait des lois.
Rome sous les consuls leur paraît accomplie :
C'est là qu'ils vont chercher des lois pour leur patrie ;
Et le plus beau talent à leurs yeux brille en vain,
S'ils n'y trouvent les mœurs d'un Grec ou d'un Romain.
    Cette Athènes qui fut si légère et si belle,
Hé quoi ! nous faudrait-il l'adopter pour modèle.
Moins sujets de l'Etat que de nos orateurs,
Au théâtre entraînés par le jeu des acteurs,
Régler les intérêts de notre politique,
Sur l'effet séduisant d'un talent dramatique :
De Lycurgue vanter les homicides lois :
De sentimens humains faire un crime à nos Rois ;
Et de la liberté voilant la douce image,
Tirer d'un juste oubli l'odieux esclavage.
Nous faudrait-il encore, en contemplant ces fers
Dont les Romains jadis chargèrent l'Univers,

De notre ingratitude accabler nos ancêtres :
Insulter aux vaincus en exaltant leurs maîtres ;
Et nous montrer soigneux de flétrir à-la-fois,
Le beau nom de Français et celui de Gaulois.
Le conquérant n'a point le vrai patriotisme :
Ses victoires ne sont qu'un barbare héroïsme.
Voyez ces fiers Romains : Dans la paix assemblés,
De leurs propres fureurs ils étaient accablés.
Rome cherchant alors le repos dans la guerre,
N'était calme au-dedans qu'en ravageant la terre.
Pour nos modernes temps trop de sévérité
Éteindrait dans les cœurs la générosité.
Le courage en tout temps fut un titre de gloire ;
Mais nous savons aussi voler à la victoire.
Oui, si nouveau Xercès, un Monarque orgueilleux,
Osait nous menacer de son sceptre odieux,
Pour rendre du tyran les efforts inutiles,
Tous les points attaqués seraient des Thermopyles.
  Laissons l'ambitieux sans cesse exagérer
Un bonheur qu'avec nous il devrait déplorer.
Je sais que du foyer du civisme en délire,
S'élancent des héros que l'Univers admire ;
Mais c'est l'éclair qui brille en des temps orageux ;
Le remède impuissant aux maux les plus affreux.
Ce n'est point au milieu des tempêtes publiques,
Que croîtront à l'envi les vertus domestiques,

Sources de ce bonheur ennemi de l'éclat
Qui garantit si bien le repos d'un Etat.
Ces filles de la paix dans leurs modestes sphères,
S'alarment au seul bruit des luttes populaires,
Et désertent les lieux où la soif des honneurs
De son feu dévorant embrase tous les cœurs.

Loin de nous, loin de nous l'imprudent politique
Qui ne voit de bonheur que dans la république;
Et qui de nos besoins prenant le contre-sens,
Veut les peuples plus forts que les gouvernemens.
Ne redoutons pas moins le royaliste apôtre
Qui d'un Roi voudrait faire un homme comme un autre.
Du peuple souverain le premier magistrat,
Du peuple seul, dit-il, un Roi tient son mandat.
Sur le plus digne front quand le pouvoir suprême,
Dans des temps reculés plaça le diadême,
Nos aïeux purent-ils nous forcer d'obéir
Aux descendans du Roi qu'ils voulurent choisir;
Nous-mêmes, aujourd'hui, par des vœux téméraires,
Pourrions-nous confirmer ces droits héréditaires,
Et tout fiers d'abdiquer la souveraineté,
Léguer notre esclavage à la postérité ?.....

Ah ! par des flots de sang ces vaines théories,
Seraient comme autrefois tôt ou tard démenties.
C'est le rêve insensé de ces temps fabuleux
Où contens de leur sort, des honneurs dédaigneux,

Les citoyens craintifs voyaient dans la puissance,
La perte du repos, l'écueil de la prudence.
Le gage du bonheur est dans l'hérédité :
Ce dogme fut écrit par la nécessité.
Sur un trône de fer cette reine inflexible,
A nos plaintes jamais ne se montra sensible.
On lui reproche envain d'alarmer la raison ;
Elle maîtrise tout, même l'opinion.

Cependant enflammé d'un courage inutile,
Souvent un philosophe à sa voix indocile,
D'une loi de salut trop prompt à s'alarmer,
Crie à la tyrannie et veut tout réformer.
De la perfection caressant la chimère,
Il se fait citoyen d'un monde imaginaire,
Où tous les intérêts de la société
Tournent sur le pivot de l'humaine bonté ;
Et tandis qu'en esprit il goûte les délices
D'un état dont il sait écarter tous les vices,
Dans le monde réel tout lui semble odieux,
Au moindre effort qu'il fait pour être vertueux.

Dans un siècle d'airain, des douces lois d'Astrée,
Qui pourrait sans la force assurer la durée.
Il faut envisager les hommes tels qu'ils sont ;
Descendre dans les cœurs, en pénétrer le fond.
C'est-là qu'on aperçoit le hideux égoïsme
Toujours prêt à braver le généreux civisme.

Entre ces ennemis un antique traité,
Des amis de la paix fait la sécurité ;
Mais le vil intérêt ardent à tout corrompre,
Par des détours trompeurs parviendrait à le rompre ;
Et le corps social en mille sens blessé,
De tomber sous les coups serait bientôt forcé,
Si le pouvoir chargé de tenir la balance,
Esclave des partis craignait leur inconstance.

Pour leur bonheur commun les hommes réunis,
Tendant au même but sont pourtant ennemis.
Ce n'est qu'à la faveur d'un savant artifice,
Que l'on peut d'un Etat soutenir l'édifice.
Tel désire un objet dont son voisin a peur :
Le bien-être de l'un de l'autre est le malheur.
Le riche, pour le pauvre, objet de jalousie,
Obscur malgré son or, au puissant porte envie.
Mécontent de son sort, le puissant se promet
Des honneurs, s'il se peut, d'atteindre le sommet.
Hé ! du peuple telle est l'incertaine science,
Que trop prompt à juger sur la simple apparence,
Ignorant les rapports qu'en ce vaste Univers,
Les intérêts font naître en tant de sens divers,
Il abonde, il se plaît dans l'étrange folie
De condamner un tout qu'il ne voit qu'en partie.
Il a souvent le moins, croyant avoir le plus,
Ou regrette des biens qu'il n'a jamais perdus.

De-là , dans les Etats , les guerres intestines :
Quelquefois des tyrans assis sur des ruines.
Au sein de ce chaos le sage résigné ,
D'une douce vertu toujours accompagné ,
Voit l'imperfection , la juge indestructible ,
Et sait trouver le bien dans le moins mal possible.
Dans un monde fragile , incomplet et changeant ,
Où pourrait-il puiser le droit d'être exigeant ?

Ici , du bon vieillard la voix plus chancelante ,
Sur ses lèvres sembla n'arriver qu'expirante.
Le Roi l'interrompant , lui dit avec douceur :
Calme-toi , mon ami , modère ton ardeur.
De trop d'émotion tâche de te défendre.
Ah ! crains de me priver du bonheur de t'entendre.
Tu m'as du cœur humain dévoilé les replis :
Cher hôte , tous mes vœux ne sont pas accomplis.
Des désordres causés par l'humaine faiblesse ,
Quel est le contre-poids offert par la sagesse ?

Rappelant ses esprits , bientôt de son discours ,
Le vieillard moins ému , reprit ainsi le cours :
Ce sont les passions qui corrompent l'usage
Des nobles facultés que l'homme eut en partage.
Contre un tel ennemi qui peut nous protéger ?
Notre raison s'enfuit à l'abord du danger.
Il fallait aux humains une règle plus sûre ,
Pour diriger l'esprit et vaincre la nature.

Ils ont reçu du Ciel cet immortel présent ,
Des bontés de leur Dieu sublime complément.
Ainsi fut déchiré le voile des ténèbres.
Ainsi furent vaincus des sophistes célèbres ,
Qui ne cherchant dans tout que la raison des sens,
Aux dieux des passions prodiguaient leur encens.
Pour tout le genre humain il n'est plus qu'une école ,
C'est celle que fonda la divine parole..
Du pouvoir temporel elle assura les droits
Et n'asservit que l'âme à ses augustes lois.

   Seigneur , voulez-vous donc des fureurs anarchiques
Préserver , pour toujours , vos sujets pacifiques ;
Repoussez loin de vous la vaine illusion :
N'écoutez que la voix de l'austère raison ;
Et de l'expérience au front calme et sévère ,
Ne dédaignez jamais la leçon salutaire.
Soyez toujours l'appui , l'honneur du nom chrétien ;
Il doit faire à-la-fois l'homme et le citoyen.
Combattez , déjouez les projets sacriléges ;
Mais à la bonne foi laissez ses priviléges.
Par la seule douceur , à nos dogmes sacrés ,
Ramenez prudemment les esprits égarés.
C'est le vœu le plus cher de cette Providence ,
Qui toujours des humains toléra la croyance ;
Le sang qu'un zèle outré fait couler à nos yeux ,
Outrage la nature et ne va point aux Cieux.

Toutefois redoutez de la pourpre romaine,
Sur vos droits temporels de voir peser la chaîne,
Et d'offrir mutilés aux Rois vos descendans,
De sages libertés les antiques garans.
Admirez, imitez la prudence héroïque
De ce Monarque saint (1) qui périt en Afrique.
Chrétien, il fut de Rome un fidèle vassal,
Mais en Prince jaloux de son pouvoir royal.
L'ardeur de conquérir la couronne éternelle,
Ne ternit point en lui la gloire temporelle ;
Et jamais les efforts du zèle ultramontain,
Ne firent vaciller le sceptre dans sa main.

Dans un Roi si pieux un si rare avantage,
Des lettres qu'il aima fut l'admirable ouvrage.
Mais ces divins rayons dans des cœurs pervertis,
Aux dépens des vertus sont bientôt obscurcis.
Aux Muses conservons toute leur innocence :
La sagesse les veut filles de la prudence.
Tout est à redouter quand leurs précieux dons,
Par un indigne abus se changent en poisons.
Malheur à l'écrivain qui dans sa folle ivresse,
Affranchi par l'orgueil des lois de la sagesse,
Va chercher les moyens de se rendre immortel,
Dans le mépris des mœurs, du trône ou de l'autel.

(1) Saint Louis.

Si le savoir conduit l'homme à l'indépendance,
Prévenez des écarts d'où naîtrait la licence :
Le noble joug des lois n'éteint point dans les cœurs
Le feu qu'à leurs amans prodiguent les neuf sœurs.
Cependant quelquefois l'horreur de l'arbitraire
Suffit pour inspirer un écrit téméraire.
Craignez-en les effets. Qu'un pouvoir tempéré
Soit pour les droits de tous un refuge assuré.
Votre règne, Seigneur, est une ère nouvelle
Qui veut des lois, des mœurs en accord avec elle.
Le peuple dans ses droits trop long-temps outragé,
De gothiques abus doit être enfin vengé.
Quand des progrès des temps jaillissent les lumières,
La liberté gémit à l'aspect des barrières
Que d'insolens vassaux, pour mieux vous asservir,
Entre le peuple et vous s'efforcent d'affermir.
Préparez prudemment l'instant de la réforme :
L'Etat est en danger quand on change sa forme,
Et réclame l'appui d'une sage lenteur.
Que votre premier pas soit digne d'un grand cœur !
De votre Parlement fondez l'indépendance :
Que la loi règle enfin sa douteuse puissance (1).
Ni Roi ni peuple alors, arbitre généreux
Entre l'Etat et vous, de vos sujets entr'eux,

(1) Le Parlement est considéré ici seulement sous le rapport politique.

Trop faible pour régner, trop fort pour être esclave,
Ce corps au bien public serait-il une entrave ?
Lors même qu'un bon Roi sur le trône a blanchi,
Des dangers du pouvoir est-il donc affranchi ?
Celui qui fait gronder la foudre dans la nue,
A seul droit d'exercer la puissance absolue ;
Et dans l'ordre moral, tout d'un Modérateur
Doit porter sans rougir le joug conservateur.
Un Monarque absolu, lorsque le peuple est libre,
C'est heurter la raison qui cherche un équilibre :
Equilibre parfait ? non sans doute : je sais
Qu'avec les passions on n'en connut jamais.
Si ce Sénat gardien des libertés publiques,
Osait jamais nourrir des projets despotiques,
Groupez autour de vous vos sujets alarmés.
Pour un objet si cher tous les cœurs enflammés,
Pressés de rétablir une juste balance,
Combattraient pour l'honneur de votre indépendance.
Au salut de l'Etat qui peut être étranger ?
L'égoïsme se tait dans un commun danger.
Il n'est qu'un intérêt au moment de l'orage ;
C'est celui d'échapper aux horreurs du naufrage.
Pour mieux régler l'emploi d'un si puissant moyen,
Faites de votre peuple, un peuple citoyen ;
Et que l'élite enfin de ce peuple fidèle,
Entre les deux pouvoirs placée en sentinelle,

4

Puisse de vos sujets librement mettre au jour ,
Les malheurs , les besoins , l'espérance et l'amour :
En signalant le mal, du bien qui le répare
  ndiquer les moyens au pouvoir , s'il s'égare :
Concourir de ses vœux aux bienfaits de la loi :
Servir la liberté , le Sénat et le Roi ;
Et maintenir ainsi cette heureuse harmonie ,
Sans laquelle un Etat marche vers l'anarchie.
Selon les temps enfin discernez les ressorts
Qui pourront fonder l'ordre au dedans , au dehors.
Dans l'ordre social , si tout est variable ,
L'art de faire le bien ne peut être immuable.
   Immuable ! quel mot pour les pauvres humains.
Qui jamais connut l'art d'enchaîner les destins ?
Dans ses bruyans éclats la nature elle-même
De nos divers rapports dérange le système.
Pouvons-nous empêcher les volcans de mugir ,
Des villes , sous nos pas , de soudain s'engloutir :
Retenir dans leur lit les ondes courroucées ,
A dévaster nos champs si souvent empressées ;
Ou du soleil ardent qui brûle nos moissons ,
Au gré de nos souhaits adoucir les rayons.
Pouvons-nous donc encor dissiper les tempêtes
Que les vents déchaînés rassemblent sur nos têtes ;
Et conjurer enfin l'invisible fléau
Qui d'un pays entier fait un vaste tombeau.

Mais à quoi servirait qu'une main plus puissante
Rendît des élémens la marche plus constante,
Et tempérât pour nous de rigoureux décrets,
Si toujours tourmentés d'ambitieux projets,
Esclaves orgueilleux de passions brutales,
Nous allumions encor ces guerres infernales
Dont le sort est d'offrir aux Potentats divers,
Aujourd'hui des lauriers, et plus tard, des revers:
Aux peuples, un destin toujours plus misérable;
A tous, une leçon rarement profitable.
Comme nous, les Etats naissent-ils pour mourir?
Si toujours le passé révélait l'avenir,
Qui pourrait en douter? Les fiers vainqueurs du monde,
Furent enveloppés dans une nuit profonde.
De leurs vastes debris vingt peuples renaissant,
Comme eux furent soumis au destin inconstant.
Mais alors le savoir de ses rayons avare,
N'éclairait qu'à regret une terre barbare;
Et sur un seul pays ses bienfaits dirigés,
Demandaient un agent pour être propagés.
Guttemberg (1) a paru. Par son art, la science,
Pour toujours, de la terre a banni l'ignorance.
Les peuples apprendront que plus ou moins puissant,
Tout Etat désormais doit être indépendant.

(1) L'inventeur de l'imprimerie.

Les Rois n'envîront plus la dangereuse gloire
De détrôner des Rois pour prix de la victoire ;
Et d'un pacte commun scellé par l'équité
Feront le fondement de leur sécurité.
Je n'attends point des temps une paix éternelle ;
Mais on ne craindra plus une Rome nouvelle.
·Plus les hommes seront nombreux et policés,
Plus de divers besoins ils se verront pressés.
Les factices plaisirs, enfans de la science,
Font doublement sentir les maux de l'indigence.
Il faut à ces besoins naissant de toutes parts,
Donner pour aliment les prodiges des arts ;
Et du luxe qui rend le riche tributaire,
Favoriser l'élan comme un mal nécessaire.
Quand il ne suffit pas, le désordre est par-tout,
Et la nécessité sans pitié règle tout.
Effrayés du tableau des misères humaines,
Devrons-nous, succombant sous le poids de nos peines,
Reprocher à l'Auteur et des biens et des maux,
De n'avoir pas créé des vertus sans travaux.
Respectons ses desseins ; ils sont impénétrables :
Dans l'ordre universel ses lois sont équitables.
Si Dieu de notre esprit n'eût borné le pouvoir,
Que serait donc ce Dieu qu'on pourrait concevoir ?
Remplissons nos destins, animés du courage
Que la saine raison sait inspirer au sage ;

Et par de vains efforts gardons-nous d'augmenter
Le poids de tant de maux qu'on ne peut éviter.
Dans la société plusieurs ont pris naissance.
Pour les Rois, les sujets, tout n'est que dépendance.
Que chacun dans le rang où le sort l'a placé,
Trouve de ses devoirs le vrai chemin tracé.
De désirs indiscrets il faut qu'on se défende,
Car l'un ne peut monter qu'un autre ne descende.
Mais tout en enchaînant la folle ambition,
Souriez à propos à l'émulation.
Un politique habile avec art alimente
Cette ardeur de primer qui toujours nous tourmente.
Ce dangereux penchant épuré par l'honneur,
Augmente d'un Etat la force et la splendeur.
C'est l'honneur qui soutient le savant dans ses veilles;
C'est par lui que les arts enfantent des merveilles.
Il guida de Colomb l'audacieux vaisseau.
Il sut de Raphaël animer le pinceau.
Il consola Bayard mourant sur la poussière;
Des larmes du vainqueur couronna sa carrière.
Il est de tous les lieux et de tous les états;
Le trésor des sujets, comme des Potentats.
Par-tout où brillera son heureuse influence,
On verra dans les mœurs régner plus de décence.
Il n'est pas la vertu, mais il en est souvent
Le gage le plus sûr et toujours l'ornement.

L'honneur ne permet point qu'un Roi charge sa tête
De lauriers tristes fruits d'une vaine conquête.
Détournez vos regards de ces champs Milanais
Si souvent teints du sang des valeureux Français.
Les temps ont effacé les droits de votre aïeule ;
A la gloire d'un Roi la France suffit seule.
N'y trouverait-on plus de larmes à tarir ,
D'abus à réprimer , de méchans à punir ?
La cour n'est-elle plus le foyer de l'intrigue ,
Et de l'or de l'Etat devient-on moins prodigue ?
A-t-on du fanatisme émoussé les poignards :
Renversé les bûchers dressés de toutes parts ?
Par-tout le laboureur a-t-il forcé la terre ,
D'être de ses travaux la juste tributaire ;
Et l'industrie enfin si féconde en secrets ,
A-t-elle par vos soins épuisé ses bienfaits ?
Songez , songez , Seigneur , que de la fausse gloire
Le temps qui détruit tout , conserve la mémoire ,
Epure chaque titre à la célébrité ,
Et fait un châtiment de l'immortalité ,
Pour ces Rois qui , du peuple aggravant la misère ,
Convertissent en joug un sceptre tutélaire.
O Prince ! du vrai bien soyez toujours épris.
De l'amour des sujets connaissez tout le prix.
Ne régnez que pour eux. C'est dans cette alliance
Qu'un bon Roi peut trouver le sceau de sa puissance ;

Et cédant à l'attrait d'un si sacré devoir,
Pour lui-même alléger le fardeau du pouvoir.
  Ainsi dit le vieillard. Le Monarque immobile,
Semblait encor prêter une oreille docile.
Tout-à-coup il se lève et presse sur son cœur
Son hôte tout ému d'une telle faveur.
Mon ami, lui dit-il, la divine lumière,
Par ta bouche, à l'instant, a brillé toute entière.
D'avides courtisans les Rois environnés,
De leurs plus saints devoirs sont souvent détournés ;
Mais tes sages leçons seront en traits de flamme,
Pour le bonheur public empreintes dans mon âme.
Si ton Roi, plus heureux que ses prédécesseurs,
Des lettres et des arts fit éclore les fleurs,
Il saura préserver d'une atteinte mortelle,
Tous les fruits qu'en attend son âme paternelle :
Réprimer des pervers les dangereux écarts,
Et rappeler sur-tout aux amis des beaux-arts,
Qu'on doit tout rapporter à l'art si difficile,
D'allier sans danger l'agréable à l'utile.
  Livrons-nous au repos. Demain dès que du jour
Les oiseaux par leurs chants marqueront le retour,
Je quitterai ce lieu séjour de l'innocence,
Laissant à Dieu le soin de ma reconnaissance.
Puisse-t-il, ô vieillard si digne d'être heureux,
Egaler ton bonheur à l'ardeur de mes vœux !

FIN.

A NIORT, CHEZ A.-P. MORISSET, IMPR. DU ROI. -- 1826.

www.ingramcontent.com/pod-product-compliance
Lightning Source LLC
Chambersburg PA
CBHW061605180626
46818CB00005B/1957

* 9 7 8 2 0 1 4 5 2 3 8 7 4 *